কবিতার আসরে

এই বইটি দুটো খন্ডে বিভক্ত :
প্রথমটি শিশু খন্ড, দ্বিতীয় খন্ডটি বড়দের কবিতা/সামাজিক কবিতা

কবি - বিদিশা চক্রবর্ত্তী

Ukiyoto Publishing

All global publishing rights are held by

Ukiyoto Publishing

Published in 2023

Content Copyright © বিদিশা চক্রবর্তী

ISBN 9789360168902

Edition 1

All rights reserved.

No part of this publication may be reproduced, transmitted, or stored in a retrieval system, in any form by any means, electronic, mechanical, photocopying, recording or otherwise, without the prior permission of the publisher.

The moral rights of the author have been asserted.

This is a work of fiction. Names, characters, businesses, places, events, locales, and incidents are either the products of the author's imagination or used in a fictitious manner. Any resemblance to actual persons, living or dead, or actual events is purely coincidental.

This book is sold subject to the condition that it shall not by way of trade or otherwise, be lent, resold, hired out or otherwise circulated, without the publisher's prior consent, in any form of binding or cover other than that in which it is published.

www.ukiyoto.com

উৎসর্গ

কবিতার আসরে বইটি আমি আমার প্রিয়তম স্বামী শ্রী দেবরুপ চক্রবর্ত্তী ও সকল কচিকাচা সহ আমার সকল ভালোবাসা ও শ্রদ্ধেয় ব্যক্তিদের উৎসর্গ করছি।

সূচীপত্র

প্রথম খন্ড : শিশু খন্ড

চাঁদ মামা	১
হ জ ব র ল	২
ইলিশের সাতকাহন	৩
ভোর	৫
রেলগাড়ি	৬
আগমনী	৮
শরৎ	৯
রোজনামচা	১০
বাল্যকাল	১২
ছড়া	১৪
মাছ শিকার	১৬
নীলগঞ্জের হাট	১৭
ভ্রমণ	১৮
বর্ষাকাল	১৯
বুলেট পিসি	২০

দ্বিতীয় খন্ড : বড়দের কবিতা / সামাজিক কবিতা

কংক্রিটের শহর	২৩
রাধা রানী ভিলা	২৪
পূর্বপুরুষ	২৬
প্রার্থনা	২৮
অজানা সে দেশ	৩০
বিপ্লবী কথা	৩১
ওরা কারা	৩৩
কৃষ্ণচূড়া	৩৫

বাবা	৩৬
মায়াবী রাত	৩৭
হে বধূ	৩৮
দেশ ভাগ	৩৯
পরাজিত	৪০
লাবণ্য	৪১
শ্রদ্ধার্ঘ	৪২
অবলা	৪৩
মায়া	৪৪
আমার শহর	৪৫
নারী	৪৬
বেকারত্ব	৪৭
মৃত্যু	৪৮
স্পর্শ	৪৯
রাইকিশোরী	৫০
স্মৃতিচারণ	৫২
কথা	৫৩
লেখিকা প্রসঙ্গে	৫৪

প্রথম খন্ড : শিশু খন্ড

কবিতার আসরে

চাঁদ মামা

চাঁদ মামা দেয় হামা
গুটি গুটি পায়ে
রাত নামে মামা জানে
আসবে সে গাঁয়ে।

গাঁয়ের নামখানা
অতি ভারী সুন্দর
মধু নামে গ্রাম খানা
অতি দূর প্রস্তর।

চাঁদ বুড়ি বসে রোজ
চরকা যে কাটছে
গল্প শুনে শুনে
বাচ্চারা খাচ্ছে।

রাত নামে পাড়া গাঁয়ে
নদী বয়ে কুলু কুলু
আঁখি জুড়ে শিশুদের
ঘুম আসে ঢুলু ঢুলু।

চাঁদ মামা দেয় হামা
ঘরে ঘরে এসে আজ
মিটি মিটি তারাগুলো
সেজেছে নতুন সাজ।

হ য ব র ল

ইতিহাসে পাতিহাস ভুগলে তে গোল
অঙ্কতে মাথা নেই হচ্ছি পাগল।
উফ্ বাবা পারিনা যাতনা যে সয়না
অঙ্কের ফর্মুলা মনে তে যে রয়না ।
বাংলা তে হ্যাংলা একি এক ঝামেলা
ব্যাকরণেও রয়েছে নানা সুরে ফর্মুলা।
অক্ষরে অক্ষর জুড়ে জুড়ে শব্দ
বানানেতে গিয়ে সব করছে যে জব্দ।
উফ্ বাবা পারিনা যাতনা যে সয়না
লিখে ফেল বাবা জীবন এতো গুরুজীর বায়না।
এসে গেছে ইংরেজি নিয়ে এক টেনশন
এ যুগে ইংরেজি মানেই তো ফ্যাশন।
উফ্ বাবা পারিনা যাতনা যে সয়না
খাতা জুড়ে ভুলভাল লিখছে যে ময়না।

ইলিশের সাতকাহন

বর্ষা কালে ইলিশ খাব
শুনছো খোকার বাপ
এই বলে না গিন্নি আমার,
দিল উচ্চস্বরে ডাক।

তরতরিয়ে কর্তা এবার
উঠলো বসে জেগে,
বুক পকেটে হাত ঢুকিয়ে
চক্ষু গেলো বেকে!

এদিক ওদিক তাকিয়ে শেষে
বাজারে লাগায় দৌড়
চারিদিকে তে পড়ে গেছে
ইলিশ ইলিশ শোর।

যেদিকে চাই সেদিকে তেই
ইলিশ শুধুই চাই
কেবল দেখি আমার ট্যাকে
ইলিশ কেনার সাধ্য নাই।

রুপোলি ওই মাছের দাম
হুরহুরিয়ে বাড়ে,
তাও জনতা হুমড়ি খেয়ে

কিনছে উচ্চ দরে।

একেই তো মাসের শেষ
ইলিশ আবার ছাড়িয়েছে হাজার !
এই টাকা তে করে ফেলি
সপ্তাহান্তের বাজার।

সবার দিকে ফেলফেলিয়ে
অবোধ চোখে দেখি !
এই জগতে আমিই একা,
মধ্যবিত্ত নাকি?

ভোর

দ্বোর খোলো দ্বোর
হয়ে গেছে ভোর।
উঠে পড় খোকা খুকি
পূবে সূর্যি মামা দেয় উঁকি।
ঘরে ঘরে কলরব,
পাঠশালা ছোটে সব।
সকালের লেখা পড়া
মনে রাখে ঝরঝরা।
যে যার জায়গায়
বসে পড় ভাই ভাই।
শ্রেণীর শুরুতে
চুপচাপ বসে তাই,
চড়ুই ও পান্তা
পড়ছে যে নামতা।
পড়ার আওয়াজে
ভরে যায় গ্রামটা।

রেলগাড়ি

রেল গাড়ি রেল গাড়ি
ঝিক ঝিক ঝিক
ছুটে চলে ছুটে চলে
ধিক ধিক ধিক
চারিপাশে সারি সারি
গাছেদের উচু বাড়ি
রেল গাড়ি রেল গাড়ি
তোমার ও তো কত বাড়ি
পরপর কামরায়।
বসে এক জানলায়।
ভেবে চলি একা একা
এত গুলো স্টেশন
তোমার তো রোজ দেখা।
পর পর স্টেশনে
রেলগাড়ি একমনে
ছুটে চলে গতিতে।
ছেড়ে আসে শত মাঠ
কত কত পথ ঘাট
যে যার স্টেশনে
নেমে পড়ে দুমদাম
রেল গাড়ী রেল গাড়ি
এদের তো কত নাম।
এত লোক ভরে তুমি

নিয়ে যে যাচ্ছ
স্টেশণে নেমে গেলে
এদের মনে কি রাখছো?
রেল গাড়ি রেল গাড়ি
সেই কোন কাক ভোরে।
ছুটে চলো কত জোরে
হও না কি ক্লান্ত?
কোথা গিয়ে হবে তুমি শান্ত?

আগমনী

শরতের শুরুতে ,
পুজো পুজো গন্ধ বয়ছে বাতাসে
কাশফুল ফুটে ফুটে জল ছবি ভাসে
ফোলা ফোলা সাদা মেঘ তুলোর মত,
ভেসে ভেসে যায় আকাশে তে
প্যান্ডেল গুলো সব পুজো গানে মেতে।
চারিদিক সেজে গুজে ঝিকিমিকি আলো
বাড়িগুলো ঝকঝকে মুছে গেছে কালো।
মায়ের আগমনে দিন গোনা বাকি
কত ঘোরা কত খাওয়া জল্পনা আঁকি।
দিনে দিনে এলো শেষে ষষ্ঠীর সকাল
মণ্ডপে তে বেজে ওঠে ঢাকের তাল।
মায়ের আগমনীতে বেজে চলে ঢাক
মহিলারা সাথে সাথে বাজায় যে শাখ।
সোনা যায় উলুধ্বনি ডুম ডুম ঢাক
ইচ্ছে করে মা জানো সারাবছর থেকে যাক।

শরৎ

শরৎ মেঘে ঢাকলো আকাশ
কাশ ফুলেদের মুক্ত সাজ
এপাশ ওপাশ দোল খেলে যায়
আগমনীর সুরের দোলায়।
ঢ্যাং কুরা কুর বাদ্দি বাজে
মন বসে না অন্য কাজে।
ভীর জমেছে দর্জি পাড়ায়
নতুন জামার গন্ধ ছড়ায়।
খোকা খুকি সব ব্যস্ত এখন
মা দুগ্গা আসবে কখন?
ওদিকে তে ঘরে ঘরে
মা কাকিমা নাড়ু গড়ে
চন্ডী তলায় ঢ্যাং কুরা কুর
এই বুঝি আসছে ঠাকুর।

রোজনামচা

ধৈর্যশীল মহিলা তিনি
রাঁধেন রকম সকম,
ওই দিকে তে বঙ্কুবাবু
বকছে বকম বকম
সকাল থেকেই শুরু হবে
তার রান্নাঘরে আনাগোনা
ভাতের পাতে কি পড়বে
এই নিয়ে দেন শ খানেক হানা।
বদু পিসি বকর বকর
করছে সকাল সকাল
বঙ্কু বাবুর নাটক দেখে
তিনিও ভারী নাকাল।
বঙ্কু বাবুর নাকটি বিশাল
টানেন জোড়ে জোড়ে।
নাকের ভেতর নস্যি গুজে
ঘোরেন ঘরে ঘরে।
ওদিকে তে জোড়ে জোড়ে
পড়ছে বুলি ঘরে
বঙ্কুবাবু মাঝে মাঝে
দেখেন উকি মেরে।
খানেক সময় নস্যি টেনে
ঘড়ির দিকে ঝোঁকে
নটার ঘরে কাটা দেখে

স্নানের ঘরে ছোটে।
নটার ঘরে কাটা যখন
বঙ্কু বাবু স্নানের ঘরে
ঢোকে হন্ত দন্ত।
পঞ্চ পদ রেঁধে রেঁধে
বুদি কাকিমা ক্লান্ত।

বাল্যকাল

হয়তো হতাম রাজকন্যে নয়তো কোনো পরী।
নিজেই নিজের প্রশংসা তে বড্ড আয়েশ করি।
মাঝে মাঝে কান্না ধরি কেঁদে অকূল ভাসায়।
ক্ষণেক পরেই সব ভুলে নিজেকে নিজে হাসায়
মনে পড়ে আজও সেই ছোটবেলার কথা
ছিল যেথায় ফুর্তি আর আনন্দের ছটা।
সেই দিন গুলো সব ছিল আমার ভীষণ রকম দামী
অন্তরের এই মধুর টান জানেন অন্তর্যামী।

কাটত কত সকাল দুপুর মাঠের পানে চেয়ে
বিকেল গুলো কাটত মোদের কামরাঙ্গা মাখা খেয়ে।
সন্ধ্যে হলেই প্রদীপ হাতে ঢুকতো মা ঘরে
ভান করে শুরু হতো পড়া উচ্চ স্বরে।
শীতের রাতে চাদর গায়ে বাবার পাশে বসে
রূপকথার কত গল্প শুনে যেতেম কল্প দেশে।
সেদিন গুলো ছিল আমার ভীষণ এক মজার
কোথায় সেদিন হারিয়ে গেলো ? আজ পথ জানিনা খোঁজার..

ছোট্ট আমি ছিলেম ভীষন দুষ্টু ও চঞ্চল
খেলার সাথী ছিল আমার কেষ্ট আর ভোম্বল
ছোট বেলায় দল বেধে সব ছুটতাম নদীর পাড়ে।
খেলা ধুলা দাপাদাপি সবই ওই নদীর ধারে ।
সকাল বেলায় যেতাম সবাই কুড়োতে শিউলি ফুল।

সেই দিয়ে খেলার ছলে গড়তাম কানের দুল
সেই দিন গুলো সব ছিল আমার ভীষণ রকম দামী।
অন্তরের এই মধুর টান জানেন অন্তর্যামী।

কোথায় আমার হারিয়ে গেলো সেই সোনার দিন
যেদিন গুলোর সাথে আমার জড়িয়ে হাজার ঋণ
মনে পরে একে একে সেই দিনগুলোর কথা
হটাৎ কখন হলেম বড় হিসেব নেই তার
জল গড়িয়ে বয়স এখন ষাট করেছে পার
তবুও মনে রয়ে গেছে এক বাল্য সম্ভার।
আজও মনে হয় আমি সেই আদুরে ছোট্ট পরী
রূপকথার ওই গল্প দেশে আজও বাস করি।

ছড়া

এক এক্কে এক দুই এক্কে দুই
ভাইবোনের সবাই মিলে
এক সাথে আজ শুই
দুই এক্কে দুই দুই দুগুনে চার
বছর শেষে মা দুগ্গা
যেনো আসেন বারবার।
তিন এক্কে তিন তিন দুগুন ছয়
শোনো সবাই শোনো
বছরে তে ছয় টি ঋতু হয়।
চার এক্কে চার চার দুগুনে আট
শুক্রবারে মধু গঞ্জে
জমিয়ে বসে হাট।
পাঁচ এক্কে পাঁচ পাঁচ দুগুনে দশ
পড়া না পারিলে গুরুমশাই
করান উঠ বস।
ছয় এক্কে ছয় ছ দুগুনে বারো
একে একে ছাত্ররা সব
উচ্চস্বরে নামতা পড়ো ।
সাত এক্কে সাত সাত দুগুনে চোদ্দ
তোমার কি জানো এটা
ছন্দে ছন্দে লেখা যায় একেকটা পোদ্দ
আট এক্কে আট আট দুগুনে ষোলো
একে একে সবাই

গল্পের বই খোলো
নয় এক্কে নয় ন দুগুনে আঠারো
জানো কি তোমরা
বছরে মাস হয় বারো
দশ এক্কে দশ দশ দুগুনে কুড়ি
আকাশেতে আছে চাঁদ
সেথা চরকা কাটে এক চাঁদ বুড়ি।

মাছ শিকার

সকাল সকাল ইচ্ছে হলো
ধরবো বড়ো একখান মাছ,
সেজে ফেললুম তাইতো আমি
মাছ শিকারির সাজ,
ছিপ নিয়ে হাজির হলুম
গাঁয়ের পুকুর ধারে
দেখি আজ কে কত
মাছ ধরতে পারে,
পুকুর খানি বেশ বড়
প্রায় আটাশ হাত;
মাছ ধরতে এনেছি আমি
থলেতে করে ভাত
বসেই আছি বসেই আছি
ঘন্টা খানেক ধরে,
একটাও মাছ আটকায় না
ওই ছিপে তে করে।
সকাল গেলো দুপুর এলো
সন্ধ্যে হলো শেষে,
মাছ না পেয়ে মনের দুঃখে
উঠে পড়লাম হেসে।

কবিতার আসরে

নীলগঞ্জের হাট

গ্রাম বাংলার এধার অধার আছে কত মাঠ
সেই মাঠে তে বসেছে আজ নীলগঞ্জের হাট।
এদিক ওদিক চেয়ে দেখি কত শত লোক
কেউ কেনে কাপড়,কারো খাওয়ার দিকে চোখ।
জিলিপি কচুরি কত ভাজছে যে দোকানে,
লোভে পড়ে মন শুধু উঁকি মারে সেখানে।
মতির দোকানের বিখ্যাত ক্ষীর,
কেনা বেচা হুড়োহুড়ি জমেছে খুব ভিড়।
ওদিকে নাগরদোলা ডাক যে দিচ্ছে
ছেলেমেয়েরা ছুটে ছুটে সেই দিকে যাচ্ছে।
পুতু আর ময়না ধরেছে যে বায়না,
নাগরদোলা ছাড়া আর কিছুই যে চায়না।
বসেছে ঝাঁকে ঝাঁকে সবজির দোকান
আলু পটল ঝিঙে, বলুন কি চান ?
রঙে রঙে সাজানো হাজারো পুতুল ,
এটা নেবো সেটা নেবো করছে তুতুল।
দূরে নেমেছে রুপোলি ইলিশের ঢল
দরদাম করি দেখি ওদিকে তে চল।
দিন কেটে গেল শেষে হাটে এইভাবে ,
এবার একে একে সব ঘরে ফিরে যাবে।
আবার বসিবে হাট সপ্তাহের শেষে ,
নীলগঞ্জ সাজিবে আরেক নতুন বেশে।

ভ্রমণ

পুজোর ছুটিতে যাব এবার বেড়াতে
চার দিন ছুটি থাকবে যে হাতে
এবার পুজোতে চলো যাই মামাবাড়ি
বহু দূরে বাড়ি তাই চরে এক রেলগাড়ি
ঝিক ঝিক আওয়াজে রেলগাড়ি চলে যে
যে যার জায়গায় মা ও বাপির পাশে
উঠে পড়ি ট্রেনে যেই বসে পরি সাথে সাথে
সকালের আলো ঢোকে জানলার ফাঁকে ফাঁকে।
এক এক জায়গা পার হয় একে একে
রেলগাড়ি চলছে হুহু করে এঁকে বেঁকে
রাস্তার ধারে ধারে ফুটে কত কাশফুল
মৌমাছি উড়ে উড়ে ফোটাচ্ছে ফুলে হুল
আহা কি সুন্দর চারিপাশ দেখতে
মনে হয় বসে বসে নানা ছবি আঁকতে।
রেলগাড়ি রেলগাড়ি আঁকাবাঁকা ছুটছে
একেক স্টেশনে কত হকার উঠছে।
কেউ বেচে ছোলা বাদাম কেউবা ঝালমুড়ি
কেনার জন্য লোকে করছে যে হুড়োহুড়ি।
কেউ ধরে ঝালমুড়ি কেউবা চায়ের কাপ
ফু দিয়ে সরাচ্ছে গরম চায়ের তাপ।
হু হু করে চলেছে মোদের রেলগাড়ি
পৌঁছে দেবে আমাকে আমার মামাবাড়ি ।

বর্ষাকাল

টুপুর টাপুর বৃষ্টি পড়ে
নদ নদী সব গেলো ভরে
রাস্তা ঘাটে জল থৈ থৈ
সূর্যি মামা গেলো কৈ?
জানলা দিয়ে উঁকি মারি
বন্ধুরা সব যে যার বাড়ি
মাঠেতে আর হয়না খেলা
এইভাবেই তো কাটছে বেলা।
সারাদিন শুধু ব্যাঙের ডাক
গ্যাঙ্গর গ্যাঙ্গর দিচ্ছে হাক।
গুড়ুম গুড়ুম পড়ছে বাজ
মেঘলা কালো আকাশ আজ।
ওদিকে তে উচ্চস্বরে
মা ডাকছে খাবার ঘরে
খিচুড়ি আর ইলিশ ভাজা
পাতে পড়লো তাজা তাজা
খাওয়া দাওয়া হলো শেষ
এবার যাবো ঘুমের দেশ।

বুলেট পিসি

বুলেট পিসি ঝুড়ি লইয়া আইলো একখান
সঙ্গে লইয়া আইলো নিজের জমির ধান
কোচরে আছে একখান বড়ো রুই
গিন্নি রে কন শোনো বিনুর বউ
মাছখান বেশ ভালো কইরা ধোও
নুন হলুদ মাখাইয়া মাছের গায়ে
রাইন্ধ দেখি কালিয়া
যার গন্ধে আসুক লোকে ধাইয়া
আমি আইতাছি পুকুর থিকা নাইয়া
মাছ দেইখা গিন্নি বেজায় খুশি
মাছ রাইন্ধতে বইসা
মুখে একগাল নিয়া হাসি
পিসিমা রে কন
রান্নায় কে আমারে মানাইবো হার
লইলাম আমি এই কালিয়া রান্নার ভার
সব শুইন্যা পাইলো জোরে হাসি
বুঝোস না গিন্নি...
পিসিমা তোমারে বানাইলো রান্নার দাসী
গিন্নি রে দিলাম এক ছোট্ট কইরা ডাক
কইলাম তারে আর পিটাইয়ো না নিজের ঢাক
যতটুকু কইছ ওই টুকুন ই নাহয় থাক
এইসব শুইনা গিন্নি আমার তরে
পাকাইলো গোল গোল চোখ

কপালে উইঠা চোখ
গিললাম ভয়েতে কিছুটা ঢোক
কইলাম হাসি হাসি মুখে
আইজ না হয় রুই কালিয়া ই হোউক।

দ্বিতীয় খন্ড : বড়দের কবিতা / সামাজিক কবিতা

কংক্রিটের শহর

কংক্রিটে ঘেরা ব্যস্ত শহরে
রক্ত-মাংসের শরীরের ভীড়ে,
আবেগগুলো জমা বর্তমানে
শহরের আস্তাকুঁড়ের ডাস্টবিনে।
সবুজ এখন কংক্রিটের এক কোণে
লজ্জায় মুখ লুকিয়ে।
গরমের প্রচন্ড ত্রাসই হোক
বা শীতের হাড় হিম করা ঠান্ডা;
সূর্যের অভিমান চরমে
এই কংক্রিটের শহরে।
একেক সময় ইচ্ছে করে
নিষ্প্রাণ সম শহরটায়;
আধুনিকতার ছোঁওয়া মুছে ফেলে
প্রাণবন্ত সবুজে ভরিয়ে তুলি শহরটাকে।
কলকল শব্দে শহরের বুক চিরে ,
বয়ে চলুক নির্মল নদী----
সমস্ত আবর্জনার প্রতিবন্ধকতাকে দূরে সরিয়ে।
কংক্রিটের 'প্রাণহীন শহর' এই বদনামকে
একপাশে রেখে আবার----
প্রাণবন্ত হয়ে উঠুক সবার প্রিয় শহরটা।
আবেগগুলো আবার শহরতলীর
মানুষগুলোর মনে ঘাঁটি গেড়ে বসুক আগের মতো।
প্রাণবন্ত হয়ে উঠুক;
সবার প্রিয় শহরটা আগের মতো।

রাধা রানী ভিলা

সেই বাড়িটা
যেই বাড়িটা পুর্ব পুরুষ ভিটা,
সেই বাড়িটা আজও বেঁচে
যেখানে পড়তো পাত একান্নটা।

সেই বাড়িটা
যেই বাড়িটাই শ খানেক ঘর,
অনাবিল লোকের আসা যাওয়া
ভাবতো না কেউ কাওকে পর।

সেই বাড়িটা
যেই বাড়িটায় দশ পুরুষের বাস,
বাড়ির ধারের স্বচ্ছ দীঘি
খেলত মাছ আর হাঁস।

সেই বাড়িটা
যেই বাড়িটায় দক্ষিণের হাওয়া,
হাজার স্মৃতি আজও কেমন
হাত বাড়িয়ে করছে পিছু ধাওয়া।

সেই বাড়িটা
যেই বাড়িটা আজও মেতে মায়ের চেনা গন্ধে,
হাজার স্মৃতি জড়িয়ে আজও

প্রতি ঘরের রন্ধ্রে রন্ধ্রে।

সেই বাড়িটা
যেই বাড়িটায় উঠোন খানি বিশাল
সন্ধে হলে জ্বলত প্রদীপ
ঘরে ঘরে মশাল।

সেই বাড়িটা
যেই বাড়িটায় বট বৃক্ষ ছিল বড়ো,
প্রখর রোদে গায়ের চাষী
যেটায় হতো জড়ো।

সেই বাড়িটা
যেই বাড়িটায় সারাক্ষণই আসর।
দুর্গা পূজায় নাট মন্দিরে
বাজত ঘন্টা কাসর।

সেই বাড়িটা
যেই বাড়িটা আজও ভীষণ প্রিয়,
খতিয়ে স্মৃতি সরজমিনে
আমায় আবার আপন কয়ে নিও।

সেই বাড়িটা
যেই বাড়িটায় মলিন নামে লেখা
হাজার স্মৃতির আঁকা ছবি
বইছে রাধা রানী ভিলা।

পূর্বপুরুষ

আমি যে পথে হেঁটে চলেছি -
সে পথে হেটেছে আমার পূর্বপুরুষেরা,
আজও সেই স্মৃতি মাখা মধুর ছাপ রয়ে গেছে; এই গ্রাম বাংলার রন্ধ্রে রন্ধ্রে...
এই পথ ,এই মাঠ, এই ধান ক্ষেত,
আমাকে মুগ্ধ করে, আমার শান্তি যোগায়!
মনে করিয়ে দেই আমার জননী মায়ের আলতা রাঙ্গা পায়ের ছবি, সাঁঝের বেলায় সেই রাঙ্গা পায়ে সাঁকো ধরে জল নাইতে নেমেছে আমার মা, কাকিমা ; স্বপ্ন তে খেলা করে তার আঁচলের স্নেহচ্ছায়ায় বড় হয়ে ওঠার প্রতিটি গল্প,
বারংবার আমি মুগ্ধ হয়ে
এই মেঠো পথ এই ধান ক্ষেত, শাল বন,
চেয়ে চেয়ে দেখি....স্মৃতি ঘিরে ধরে, মনে পড়ে যায় কবি জীবনানন্দ দাশের লেখা....
আবার আসিব ফিরে , ধান সিড়িটির তীরে,
এই বাংলায়।
কখনো মনে হয়, পুরনো সব স্মৃতি গুলো
এপার ওপার দোলাচল করে আমার সুখ দুঃখের হাত ধরে।
তাদের ঘ্রাণ যেন আমাকে মনে করিয়ে দেয়,
আমার বংশ পরিচয় , আমার কর্তব্য , আমার সচেতনতা ....
তাদের পদ চিহ্ন আজও যেন কথা রেখে গেছে এই মেঠো পথে,মাটির এই ভগ্ন স্তুপে।
চাকুরি সূত্রে যেতে হয়েছে বহু দূরে; সেই প্রবাসের ঘরে।
প্রবাস যুগিয়েছে ঠিকই; আমার অন্ন,
আমার পরনের কাপড়, জুগিয়েছে হাজারো সুবিধে,

টিভি, ফ্রিজ এসি, সুখে থাকার হাজারো রসদ
তবুও কি নিজ দেশের সেই মৃদু মন্দ বাতাস,
মাটির কুঁড়ে ঘরের ছাওয়া,
কুজোর জলের মিঠে স্বাদ যা তৃষ্ণার্থ দেহকে করেছে শীতল,
মেঠো পথের ভিজে গন্ধ ,
সূর্যের প্রখর রৌদ্রে বটচ্ছায়ায় শান্তির পরম তৃপ্তি,
স্বচক্ষে দেখা প্রকৃতির বিচিত্র রূপ,
মায়ের আঁচলের নুন হলুদের গন্ধ,আমি কি আজও ভুলে গেছি?
কখনোই না, আজও মনে হয় যেদিন ফিরবো এই প্রবাস থেকে,
প্রথমে গিয়ে জড়িয়ে ধরবো আমার সেই চিরাচরিত পুরনো মলিন ঘরের বালিশ,
ঘ্রাণ নেবো জরা জীর্ণ পড়ে থাকা সেই ভগ্ন স্তূপের।
হয়তো প্রবাস আমাকে দিয়েছে অট্টালিকা , সাহেবিয়ানা ,
আশাক পোশাক;সুখের চাদর।
তবু দিনের শেষে ঘুমন্ত দেহে শান্তির রাশ টেনে নিয়ে যায় ওই পূর্বপুরুষ ভিটে ই।

প্রার্থনা

আর কতদিন কাটবে তরু?
তাকিয়ে দেখো ভুমি পানে
মাটির প্রাণ শুকিয়ে গেছে
শুধুমাত্র জলের টানে।

মাটির পানে চেয়ে দেখো
শুকিয়ে গেছে তারা,
একদিন সৃষ্টি হয়েছিল তরু
আজ হারিয়ে যাচ্ছে যারা।

জীর্ণ, অবসন্ন , মলিন পৃথিবী
ক্লান্ত মরু , হতাশ গিরি
শীর্ণ তরুর বনে বনে
মান অভিমানের করুণ ছবি ।

নদী বহে কুলু কুলু
হারায়ে নিজ ছন্দ
অট্টালিকার প্রবল তান্ডবে
মর্তে লাগে দ্বন্দ্ব।

সৌন্দর্যায়নের নেশায় মত্ত
পিপাসুরা ছেদন করে বৃক্ষ
অভাগার দল বিস্মৃত হয়

অপার সৌন্দর্য ঈশ্বর প্রদত্ত।

হে প্রভু , সৃষ্টিরে কোরো না অনাথ
জলোচ্ছ্বাসে নিমজ্জিত কত শত প্রাণ
অরণ্যকে করো লালন
এ মিনতি তোমায় ভগবান

অজানা সে দেশ

অজানা সে দেশ না জানি কেমন হবে !
যেমনটি আছে এদেশে ,
সেখানেও কি রয়েছে পুকুর, ডোবা খাল?
রুপোলি মাছের দল?
ভেসে কি বেড়ায়?
রাজহাঁস সারি সারি পুকুরের ধার বেয়ে -
শাপলা ফুলের দল সাজিয়ে রাখে দীঘি?
এপার ওপার জুড়ে রয়েছে কী এক পদ্মার পার,
মধুমাখা সোনার ধান ক্ষেত,বেদে বেদেনীর বাস।
মরসুম জুড়ে চলে কি ইলিশের উৎসব
বারো মাসে তেরো পার্বণ,
রয়েছে কি সারি সারি তাল গাছ?
কৃষ্ণচূড়ার ফুল, কোকিলের ডাক কুহু কুহু রবে?
ভোর হলে এক দৌরে যেতে কি পাবো?
সেই মল্লিকা বনে?
হিমে ভরা কাকভোরে
শিউলি ভরা চাদর বিছিয়ে থাকে উঠোন?
জলের দেশ বলে তাকেও কি ডাকে লোকে?

কবিতার আসরে

বিপ্লবী কথা

ইতিহাসের পাতায় পাতায় রক্তে ভরা ছবি
তারই কথা লেখায় লেখায় প্রকাশ করেন কবি
গণতন্ত্রের প্রতীক হয়ে ভারত মহান দেশ
বৈচিত্র্য ও পূর্ণতার নেইকো কোনো শেষ।।
এই দেশেতে ই জন্মেছিলেন বসু ক্ষুদিরাম
বিপ্লবীদের সারিতে আসে প্রথমেই তার নাম
কিশোরেতেই করেছিলেন ইংরেজদের জব্দ
মুখে তার ছিল শুধু স্বাধীনতার শব্দ
সাহসের তার বলিহারি , পড়লেন তিনি ফাঁসি
মুখ জুড়ে তার ছিল এক আজব মিষ্টি হাসি
বাংলার বাঘ বলতো যারে
ব্রিটিশরা কি তারে ভুলতে পারে
নাম ছিল তার বাঘা যতীন
হারানো যাকে ছিল বড়ই কঠিন
এবার চলুন শুনি আমরা সূর্য সেনের কথা
চট্টগ্রাম অস্ত্রাগার লুণ্ঠনের ছিলেন তিনি মাথা।
আরো কত বিপ্লবীদের জন্মভূমি এই দেশ
শত শত ছড়িয়ে আছে বিনয়- বাদল- দিনেশ
স্বাধীনতার সংগ্রামে নারী ও ছিল শত
দেখেছিল ইংরেজরা নারীর শক্তি কত
এমনি এক নারীর কথা চলো সবাই শুনি
লক্ষ্মীবাঈ নামে আমরা সবাই তারে জানি
দামোদর কে নিয়ে পিঠে লড়েছিলেন তিনি

বীরাঙ্গনা সেই দেবী আর কেউ নয় ঝাঁসির রানী
আরো এক বীর নারী মাতোঙ্গিনি হাজরা
ইংরেজদের গুলিতে যার বুক হয়েছিল ঝাঁঝরা
এবার তবে চলুন শুনি আমাদের দেশ নায়কের কথা
সুভাষ চন্দ্র বসু তিনি ,শুনিয়েছিলেন স্বাধীনতার কথা
আজাদ হিন্দ ফৌজ নিয়ে দিলেন পারি স্বাধীনতার আশায়
কত রাত কাটিয়েছেন তিনি অপরিচিত বাসায়
একের পর এক লড়াই জিতে আজাদ হিন্দু ফৌজ
ঢুকলো দেশে
দেশবাসী খুঁজে পেলো সংগ্রামী নায়ক নেতাজির বেশে
সংগ্রামী এই বীরের নামে ইংরেজদের জাগলো মনে ভীতি
নেতাজি ই টেনেছিলেন পরাধীনতার ইতি।।

ওরা কারা

ওরা কারা ? যারা মত্ত এই ধ্বংস লীলায়
ওরা কারা?যারা উন্মত্ত খেলতে
মানুষের রক্তে হোলি, ওরা কারা ?
যারা এক এক ফোঁটা
রক্তবীজের গড়ে তোলে সন্ত্রাস
ছিন্ন ভিন্ন হয় পরিবারের মুকুট
কচিকাঁচাদের ভবিষ্যত দুমড়ে মুছড়ে
একাকার ওদের অট্টহাসিতে!

ওরা নির্দয়, নির্মম
শুনতে কি পায় না ওরা?
এই বিশ্ব মায়ের করুন আর্তি
সন্তানহারা মায়ের বুকফাটা কান্না
শত শত নারীর স্বামী বিয়োগের বিষ যন্ত্রনা
পিতৃহারা ওই নিষ্পাপ শিশুর অবোঝ ক্রন্দন
ভাই হারানো বোনের নিভৃত শোক
বিরত হোক অশ্রু বন্যা ।

ওরা পাষাণ ,
বাতাসে ভাসায় মারনাস্ত্র
বিষের দাপটে আকাশ বাতাস ভীত সন্ত্রস্ত,
ওদের নেই কোনো ঘর নেই কোনো পরিবার
শুধু চায় বিশ্বের একক অধিকার

খাদ্য নয়, বস্ত্র নয়, বাসস্থান নয়
আত্ম অহঙ্কারের অট্টহাসিতে
ঘোষিত হয় শোণিতের বিজয় তিলক।

কৃষ্ণচূড়া

পেরিয়ে আজ তেপান্তরের মাঠ
জড়িয়ে রেখে তোমার হাতে হাত
উষ্ণ দেহে ঘামের রেখাখানি
অনভূতির গন্ধে মাখা জানি।
দূরের থেকে পাহাড় গেছে উঠে
লক্ষ্য ভেদে নজরে দুই মুটে।
কৃষ্ণচূড়া গাছের ফুলে ভরা
লালের আভা মাখিয়ে গায়ে তারা,
দুটো কোয়েল দুই ডালে তে বসে
শিস বাজিয়ে যাচ্ছে হেসে হেসে
বলছে তারা কু..উ কু..উ স্বরে
বসন্ত আজ ফিরবে ঘরে ঘরে।।

বাবা

বট বৃক্ষের মত আগলে রেখে
এই প্রখর রোদে পুড়তে জানেন যিনি,
মধ্যবিত্ত আর কেউ নয়;
আমারই বাবা তিনি।

ছাতার মত মাথার ওপর
স্পর্শ যার হাতের,
শত অভাবেও মোটেও অভাব;
হয়না কভু ভাতের।

বছর শেষে সবার জন্য
জামা আনেন তিনি,
কোথায় বাবার নতুন জামা;
সেটাই আমি গুনি....

বাবা তুমি মধ্যবিত্ত বাবা তুমি ধনী
শত কিছুর পরেও তুমি,
ওই মলিন জামার ধারণ করে ও ;
আমার চোখের মনি।

মায়াবী রাত

জোছনা ভরা রাত
তারা গুলো যেনো ঝিকমিক করে
লাল শাড়ি পড়ে কৃষ্ণচূড়া;
মেতে আছে আজ গহীন বনে।
গোপী হয়ে আজ রাধিকার পাশে
সোহাগ বিলোবে কৃষ্ণের কাছে।
পদ্মার পাড়ে জোছনার রূপ,
নিশি পাড়ে আজ জাগিয়েছে আলো
বসে আমি একা গাহিয়া যাই,
পদ্মার সুরে কুলু কুলু বায়।
এসে গেছে আজ ফাগুনের ঢেউ
পদ্মার জলে বলে গেছে কেউ।।

হে বধূ

কোথায় তোমার দেশ হে বধূ!কোথায় তোমার দেশ?
লাল পাড় এই সাদা শাড়িতে তোমায় লাগে বেশ।
মুখ খানি যে ঢল ঢল ঠিক প্রতিমা ছাঁচে গড়া
বধূর কাজল চোখের মায়া যায়না কভু ধরা।
কখনো তুমিই দুর্গা রুপে জননী রুপের ছায়া
আবার তুমিই বধূ রাই কিশোরী প্রেমময় এক কায়া ।
বধূ তুমি নিজেই বল তুমি কোন ছাচেতে গড়া।
কোন যাদু বলে মাতিয়ে রাখো ঘর শহর পাড়া।
লাল রঙা ওই আলতা পায়ে গাঁয়ের বধূ চলে
মেঠো পথে ছম ছমিয়ে নূপুর খানি দোলে।
গাঁয়ের বধূ সময় কালে লাঙ্গল তুলে হাতে
অন্নপূর্ণা রূপে সবার অন্ন যোগায় পাতে।
সকল মাঝে বধূ তুমি অপরূপা সেরা,
তবুও সমাজ বধূর তরে দিয়ে রেখেছে কত বেড়া।

দেশ ভাগ

দেশ ভাগ হয় কাঁটাতারের বেড়া পড়ে ,
মানুষে মানুষের বিভেদ ঘটে
ধর্ম নিয়ে উগ্রবাদের সৃষ্টি -
চলে এক এক ধ্বংসলীলা ,
টুকরো টুকরো ছিন্ন ভিন্ন হয়ে যায়
হাজার হাজার নিরীহ মানুষের প্রাণ সঙ্গে নিয়ে
হাজার প্রাণীর দেহ !
তারাও কি ছিল এই জাতপাতের ভাগীদার?
এই অবলা সারমেয় গুলো বুঝে ওঠার আগেই
এক টুকরো বোমের সাথে উড়ে যায় তাদের নিষ্পাপ দেহ...
বয়ে চলে নদীর মতন শত শত শরীর ভেদ করে রক্তধারা,
সৃষ্টি হয় বন্যার।
এই রক্ত মিশে একাকার হয়ে যায় ওই প্রাণী গুলোর লাল রক্তের সাথে।
তখন কেউ কি খতিয়ে দেখে এ রক্তের ধারা কার?
হিন্দু নাকি মুসলিম?জৈন নাকি শিখ নাকি খ্রিস্টান?
এই বন্যার রং লাল,যা হলো দগদগে ক্ষতের চিহ্ন।

পরাজিত

ওরা কাজ করে গণদেবতার ভীড়ে
এই দলে রয়েছে কর অসহায় পিতা
নয়তো অশ্রু জর্জরিত মা,
ওদের কি খোঁজ রাখে কেউ?
কেউবা হকার,কেউবা গায় গান
অন্ধ পরাশ্রিত চায় কানাকড়ি
কোনদিন জোটে কোনদিন ফিরে যায়
শূন্য হাতে আকাশের দিকে চেয়ে চেয়ে।
ঘরেতে ক্ষুধার আছে হাতছানি
আমরা যারা টাকার চাদরে মোড়া
সেই মানুষের মুখে ফেরে ঈশ্বরের জয়ধ্বনি।
মন্দিরের ঘন্টা বাজে উচ্চ নিনাদে
উলুধ্বনি মুখরিত আকাশে বাতাসে
মসজিদে আজানে সুরভিত বাতাস
গীর্জায় সুরের আমেজ আনে প্রাণ
বুদ্ধের অমৃত বাণীর অপার বিস্ময়
অভাবী অনাহারী জাগবে নিশ্চয় ।
ওরা আসে,ওরা যায় সময়ের প্রবাহে
রাখে না হিসাব কেউ আত্ম মননের অভাবে।

লাবণ্য

লাবণ্য এক গল্পে মহারানী
কাব্যে জুড়ে জুরে লেখা
তার আত্ম কাহিনী।
গাঁয়ের মেয়ে লাবণ্য
নিপুণ কাজে মগ্ন
যে হাতেতে ধরতো বই
মাঠে সে হাতেই লাঙল বয়
হয়তো কোনো দুর্গা বেশে
নয়তো কোনো রাধার কেশে
কাজলা আঁখির ছদ্মবেশে
মিষ্টি করে বলতো হেসে
আসবো কোনো রাজার বেশে
নয়তো কোনো রানী
তোমার গল্পে আমিই সেরা
সেটাই লেখা আমি জানি।

শ্রদ্ধার্ঘ

হে রবি ! শুনিতে কি পাও?
পৃথিবীর এই নবনব পদধ্বনি!
ছেড়ে গেলে ইহলোক থেকে পরলোকে
সকল মায়া,স্নেহ ব্যাথা বেদনা নিয়ে,
রেখে গেলে শত শত সুরের তারে বাঁধা হীরে
যার কথা আজও সুরের তালে তালে ..
এক কণ্ঠ থেকে আরেক কণ্ঠে ঝঙ্কার তোলে
ভূমিতে ঘটায় আবেগ ভরা কম্পমান
চিরস্মরণীয় তুমি কচি থেকে কাচা সকল মাঝে।
অমৃত লোকে হোক তব প্রাপ্তি।
তোমায় প্রণাম; যুগে যুগে আত্মার হোক চির শান্তি।

অবলা

এদের প্রাণ আছে ভাই এদেরত ও খিদে পায়
এক মুঠো ভাত দিতে এদের কেনো এত হায় হায়
থাকো তো সব অট্টালিকায় নয়কো কুড়ে ঘরে
তবে কেনো ওই মনেতে এতো পাষাণ ভরে।
ওরা তো চাইনা কিছুই চায়না জামাকাপড়
তবুও কেনো ওদের দিকেই ছুরছো জোরে পাথর।
বাড়ির পানে চাইলে পরে ঢালছো গরম জল
দেখবে একদিন বিধাতা দেবে এর ঠিকই ফল।
চলো সবাই এক হয়ে আজ কিছু করি ভাল কাজ
সব অবলাদের দিই এক এক মুঠো ভাত
এইভাবে না হয় সব অবলাই একটু খেয়ে বেঁচে থাক।

মায়া

তোমার আঁখি তে জল আসে কই?
আমার আঁখি জুড়ে জল থৈ থৈ।
বানভাসি হয়ে এপার ওপার
পারাপার করা তাদের কারবার।
তাদের মনেও নামে সূর্য্য গ্রহণ
তাদের জীবনেও নামে ছায়া
ভালোবাসা এক গভীর ভূমি
নাম না জানা এক মায়া।
পাহাড়ের বুক ঘেঁষে চুমে যায় নদী।
ভালোবাসা আজও গাঁথা বুকে
জানুক অন্তর্যামী।

আমার শহর

আমার একলা শহর বৃষ্টি ভিজে
নতুন করে বাঁচুক।
আমার আঁকা জল ছবি আজ,
কাঁচের ফ্রেমে থাকুক।
কল্পনা রা মুক্তি খোঁজে
বৃষ্টি ভেজার গন্ধে।
আমার শেষের চিরকুট আজ
নৌকা হয়ে বয়ছে অগাধ স্রোতে।
তোমার শহর আজও জানি
ভোগে বৃষ্টি হীনতায়।
তাই বুঝি তোমার শহর আকুল ভাবে
বৃষ্টি ভেজার গন্ধ মাখা চায়।

নারী

প্রতি জন্মে যেনো নারী হয়ে জন্ম নি
আমার দুই নেত্র দিয়ে গড়িয়ে পড়বে
কখনো আনন্দ অশ্রু
কখনো দুঃখের বিন্দুধারা।।
এক এক বিন্দু থেকে গড়ে উঠবে মহা সিন্ধু
বয়ে নিয়ে যাবে হাজারো প্রানোধারা
গড়ে উঠবে সবুজের বারি
বয়ে যাবে পাহাড়ের কোল ঘেঁষে।
মুগ্ধ চোখে তাকিয়ে দেখবে পৃথিবী
নারী কত শক্তিশালী কত তার উচ্ছাস।

বেকারত্ব

বেকারত্বের শেষ কোথায়?
অশ্রু জলে ভাসছে সমাজ,
খুলবে কবে? স্বকার দরাজ
তাকিয়ে দেখো ক্ষমতাপতি,
বেকারের কি দুর্গতি।
তারাও যোগ্য তারাও মানুষ
কবে ফিরবে রাজার হুশ?
পথের ধারে পড়ে আছে
এক একটা জ্যান্ত লাশ,
তাকিয়ে দেখো রাজা মশাই
তাদের চোখেও বাঁচার আশ্‌।
এক এক করে এই ধ্বংসলীলা
দেখছি তুমি আমি
কি জানি কোন পাপের সাজা
দিচ্ছেন অন্তর্যামী।।
তাদের জন্যে ভবঘুরে আর
খামখেয়ালি যোগ্য বিশ্লেষণ,
তাদের তরে উন্মাদনাটাই সঠিক সম্ভাষণ!

মৃত্যু

মৃত্যু তুমি অমর , তুমি চিরো সত্য ,
মৃত্যু শুধুই তুমি, তুমি সকল সাজের মুক্তি
তিলে তিলে যাত্রা পথের যোগাও সকল শক্তি
তুমি আদিভুতা অনন্ত সনাতনী সুরের উক্তি
নাছোড়বান্দা মানো না হেনো যুক্তি।
সুন্দর রূপ মাঝে ফিরে ফিরে আসো বারবার
জীবনের হাজারো আশা আকাঙ্ক্ষাকে করো চুরমার...
সংসার সমুদ্রের সীমাহীন পারাবারে
নীল জলরাশি , সুবিন্যস্ত আকাশের দরবারে
অমরত্বের আকাঙ্ক্ষাকে চুরমার করে ।

সে ভাষায় নেই পরাজয়ের অশনি
তোমাতে শোকস্তব্ধ সকল হানাহানি ।
প্রাণের পরশে নিভৃত অন্তরে
চিরতরে বিলীন হয় কত আশা
তুমি বোঝনা প্রেমের ভাষা
সব চুরমার করে নিয়ে যাও নিজ তরে
দুর্বার গতিতে এসেছো হয়ে প্রান্তিক
শান্তির বার্তায় মনে হয় তুমি যান্ত্রিক
তিলে তিলে নিয়ে যাও কোথা
মোদের হে ঋত্বিক ?

স্পর্শ

হিম মাখা রাতের গভীরে
হাওয়াদের আনাগোনা
সাথে বেড়ে উঠুক
হৃদয়ের উষ্ণতম শ্বাস
ক্রমশ উত্তাপ কমে
শীতল হিমেল বার্তা আনুক
হেমন্তের সাথে সাথে
হাজার মুখের ভিড়ে
আমার সাধারণ মলিন মুখখানা
হারিয়ে গিয়ে ফ্যাকাসে হলেও
আমি থাকবো চিরকাল
বহমান অনন্ত নীলাকাশে।

রাইকিশোরী

গাঁয়ের মেয়ে রাই কিশোরী দেখতে মায়াবী
রূপের ছটায় কতজনে খাচ্ছে যে খাবি।
রাই কিশোরী উত্তাল ও উদ্দামতার সাথে
বাপের সাথে রোজই ছোটে মধু গঞ্জের হাটে
গভীর রাতে মায়ের বুকের মধু মাখা স্নেহ
রাই কিশোরী মনে ভাবে আর দেবেনা কেহ।
গরীব বাপের ঘরেও সেতো রাজকুমারী হালে
রাইকিশোরী জানে সে থাকতো এককালে
হটাৎ করেই বদলে গেলো রাই কিশোরীর জীবন
সিঁথির পরে উঠলো সিঁদুর রাইকিশোরীর যখন
অবাক চোখে রাইকিশোরী বিদায় নিয়ে এলো শ্বশুর ঘরে।
মায়াবী ওই হরিণ চোখে দাড়িয়ে ঘরের দ্বারে।
রাইকিশরীর নতুন জীবন শুরু এক নতুন অধ্যায়
বধূ রুপে গিন্নি হয়ে এ এক ভিন্ন রাই।
হরের রকম রান্না থাকে সকাল থেকে সাঁঝে।
এইভাবেই রাইকিশরির এক একটা দিন কাটে
রাই কিশোরীর দিন কেটে যায় রোজ রান্না ঘরের কাজে
আজ রাই নিজ হাতে তে হাজার মসলা বাটে।
সংসারেতে বহাল তিনি গিন্নিমা নামে।
রান্না ঘরের রাইকিশরী এই কথাটি জানে।
নুন হলুদের তদারকির গন্ধ মাখা আঁচল ।
রাইকিশরীর হরিণ চোখে মেঘলা কালো কাজল।
আলতা রাঙ্গা পা দিয়ে যে প্রবেশ শ্বশুর ঘরে।

রাইকিশরী সেই উঠোনে আজ সন্ধ্যে প্রদীপ জ্বালে।
রাই কিশোরীর জীবন এখন ভিন্ন রুপে গড়া
সরলতার আভরনে যাকে যায়না আজ ধরা।

স্মৃতিচারণ

আজ আমার দুচোখ দিয়ে বৃষ্টি দেখো
ছন্দের রিনিঝিনি বৃষ্টি
অঝরে স্মৃতিচারণ করে যাবে
যেমন তুমি পছন্দ করতে
আমার অনর্গল কথার ঝড়
তাকিয়ে থাকতে মুগ্ধ দৃষ্টি জুড়ে
যেন অপার কৌতুহল ভরা আদুরে মাখা চোখ
হাতে হাত ধরে দিগন্ত পথ হাঁটতাম
পরকাল অব্দি
অজান্তে সময় পেরিয়ে দীর্ঘক্ষণ হাঁটতাম
বৃষ্টির দিনে বৃষ্টি ভিজে ঠান্ডা লাগাতাম
তোমার আদুরে বকা খেতে
মাঝে মাঝে আমাদের তুমুল তর্ক
পৃথিবীর আধার করে রাখত
আবারো শ্রাবণের এই অঝোরে ঝরে যাওয়া
বৃষ্টি কলতান তোমায় সেই মুগ্ধতা দেবে
সন্ধ্যার মেঘ মালতিতে তোমার অনুচ্চারিত স্বরলিপি
তোমার পড়ে যাওয়া সিগারেটের শেষ ছাই টুকু
আজও বৃষ্টিকে আপন করে নেবে
শুধু একবার আমার দৃষ্টি দিয়ে দেখো।।

কথা

আমাদের কোন রূপকথা নেই
নেই কোন রোমাঞ্চের শিহরণ,
দুটো সদ্য চারা গাছ যেমন মাটি আঁকড়ে
জলের খোঁজে মত্ত থাকে,
সেরকম খুব সাদামাটা একটা গল্প
যা কেউ পড়ে না
সাধারণের ভীড়ে বেড়ে ওঠা
ছোট ছোট আবেগের হরফে তবু রোজ
আসে সাধারণ কিছু নতুন অধ্যায়
হয়তো এমন কোন জোৎস্না রাতে
কথা হয়ে রয়ে যাবে
গোধূলির সেই অপেক্ষা গুলো
খুজবে না কেউ
জানবে মেঘের দেশে
হারিয়ে গেছে আমরা।

লেখিকা প্রসঙ্গে

বিদিশা চক্রবর্ত্তী

কবি বিদিশা চক্রবর্ত্তী কবিতা লেখার পাশাপাশি উপন্যাস ও লেখেন।। কবি বাংলা ভাষায় M.A (B.ED) করেছেন। কবি বিদিশা চক্রবর্ত্তী এই যাবত সাহিত্য র ক্ষেত্রে ৪ টে অ্যাওয়ার্ডে ভূষিত হয়েছেন যার মধ্যে কলকাতা লিটারারি কার্নিভালের বছরের সেরা কবি অন্যতম উল্লেখযোগ্য।কবি লেখা লেখির পাশাপাশি একজন উৎকৃষ্ট চিত্রশিল্পী ও । আঁকা ও ক্লে আর্ট এ পারদর্শী।

কবি তার কবিতার মাধ্যমে মানুষ ও সমাজের বিভিন্ন ভাব, আবেগ, আশা ও আকাঙ্খা তুলে ধরার চেষ্টা করেন।। কবি বিশ্বাস করেন কবিতা জনসমাজের ভাবগুলো তাদের নিত্য দিনের অসুবিধা সুবিধার কথা উচিত লোকেদের কাছে পৌঁছে দেওয়ার এক শক্তিশালী মাধ্যম। কবি এমন এক সমাজের স্বপ্ন দেখেন যেখানে সবাই একে ওপরের সাথে সুখ ও শান্তির সাথে বসবাস করতে পারে ও নিজ নিজ ক্ষেত্রে অগ্রসর হতে পারে।

www.ingramcontent.com/pod-product-compliance
Lightning Source LLC
LaVergne TN
LVHW041550070526
838199LV00046B/1896
9789360168902